Khaby Lame
Supereasy

KHABY LAME

SUPER-EASY

Mein COMICROMAN

Mit Illustrationen
von Pietro B. Zemelo

Aus dem Italienischen
von Christina Neiske

dtv

Deutsche Erstausgabe

Titel der italienischen Originalausgabe: ›Super Easy‹,
2022 erschienen bei Mondadori Libri S.p.A.

Umschlaggestaltung: dtv nach einem Entwurf von Manuele Scalia
Umschlagillustration: Pietro B. Zemelo
Gesetzt aus der Skippy Sharp
Satz: Fotosatz Amann, Memmingen
Druck und Bindung: CPI books GmbH, Leck
Printed in Germany · ISBN 978-3-423-74087-6

INHALT

K
H
A
B

—— KAPITEL 1 ——

WIE ALLES BEGANN

JEDER KENNT DIE HERKUNFTSGESCHICHTEN DER BERÜHMTESTEN SUPERHELDEN.
DA WAR DER BISS DER RADIOAKTIVEN SPINNE, DER SPIDERMAN GESCHAFFEN HAT …
… DIE EXPLOSION D PLANETEN KRYPT DER WIR SUPERMA VERDANKEN …
… DIE BRUTALEN EREIGNISSE AUS BATMANS VERGANGENHEIT …
… DIE TATSACHE, DASS AQUAMAN …
… NA JA, AQUAMAN IST!
ABER WOHER KOMMT DER SUPERHELD, DEN WIR HEUTE ALS »DER VEREINFACHER« KENNEN?
ALLES BEGANN AUF EINEM PLANETEN GAR NICHT SO WEIT ENTFERNT …
… DEM SENEGAL …

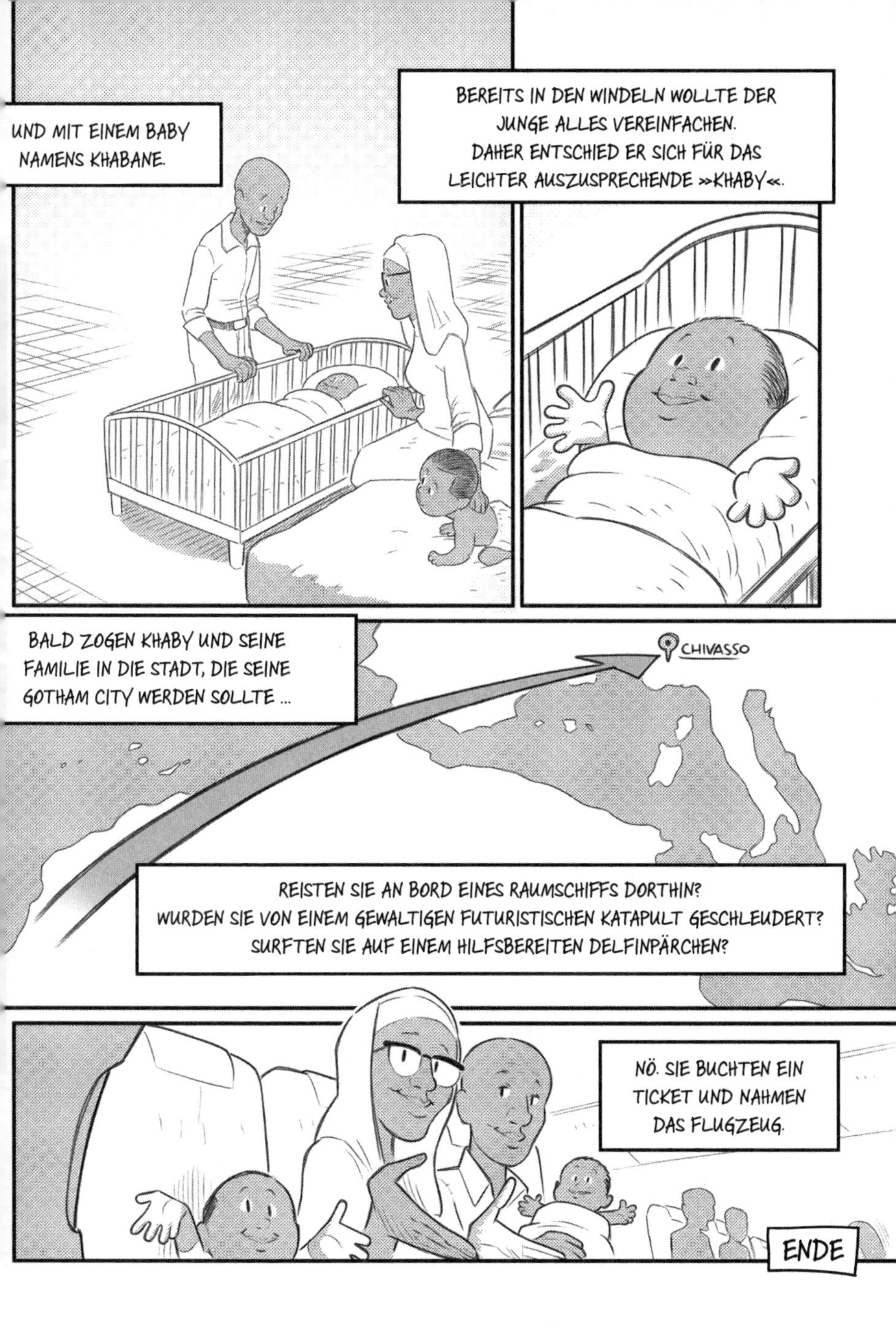
UND MIT EINEM BABY NAMENS KHABANE.
BEREITS IN DEN WINDELN WOLLTE DER JUNGE ALLES VEREINFACHEN. DAHER ENTSCHIED ER SICH FÜR DAS LEICHTER AUSZUSPRECHENDE »KHABY«.
BALD ZOGEN KHABY UND SEINE FAMILIE IN DIE STADT, DIE SEINE GOTHAM CITY WERDEN SOLLTE ...
CHIVASSO
REISTEN SIE AN BORD EINES RAUMSCHIFFS DORTHIN?
WURDEN SIE VON EINEM GEWALTIGEN FUTURISTISCHEN KATAPULT GESCHLEUDERT?
SURFTEN SIE AUF EINEM HILFSBEREITEN DELFINPÄRCHEN?
NÖ. SIE BUCHTEN EIN TICKET UND NAHMEN DAS FLUGZEUG.
ENDE

IN DER SOZIALSIEDLUNG VON CHIVASSO LÄUFT DAS LEBEN GANZ NORMAL WEITER ...
DAS DING FUNKTIONIERT NICHT!
MIST!
MODERNE TECHNOLOGIE? VON WEGEN!
?
WAS IST DENN?
ER GEHT EINFACH NICHT AN!

HAST DU DAS ANTIVIREN-PROGRAMM AKTUALISIERT?
IST DIE TASTATUR ANGESCHLOSSEN?
ÜBERPRÜF MAL JAVA, BESTIMMT HÄNGT ES DARAN!
PROBIER'S NOCH MAL!
VIELLEICHT MUSS ER ERST WARMLAUFEN?
DRÜCK MAL FESTER!
KLACK
ENDE

MARMELA
ORANGE
KRACK
...
KRACK
KRACK
...

?
ZACK
!
NOCH EINEN, KHABY!
ZWIEBACK MIT MARMELADE? ICH NEHM AUCH EINEN!
FÜR MICH AUCH, KHABY!
ENDE

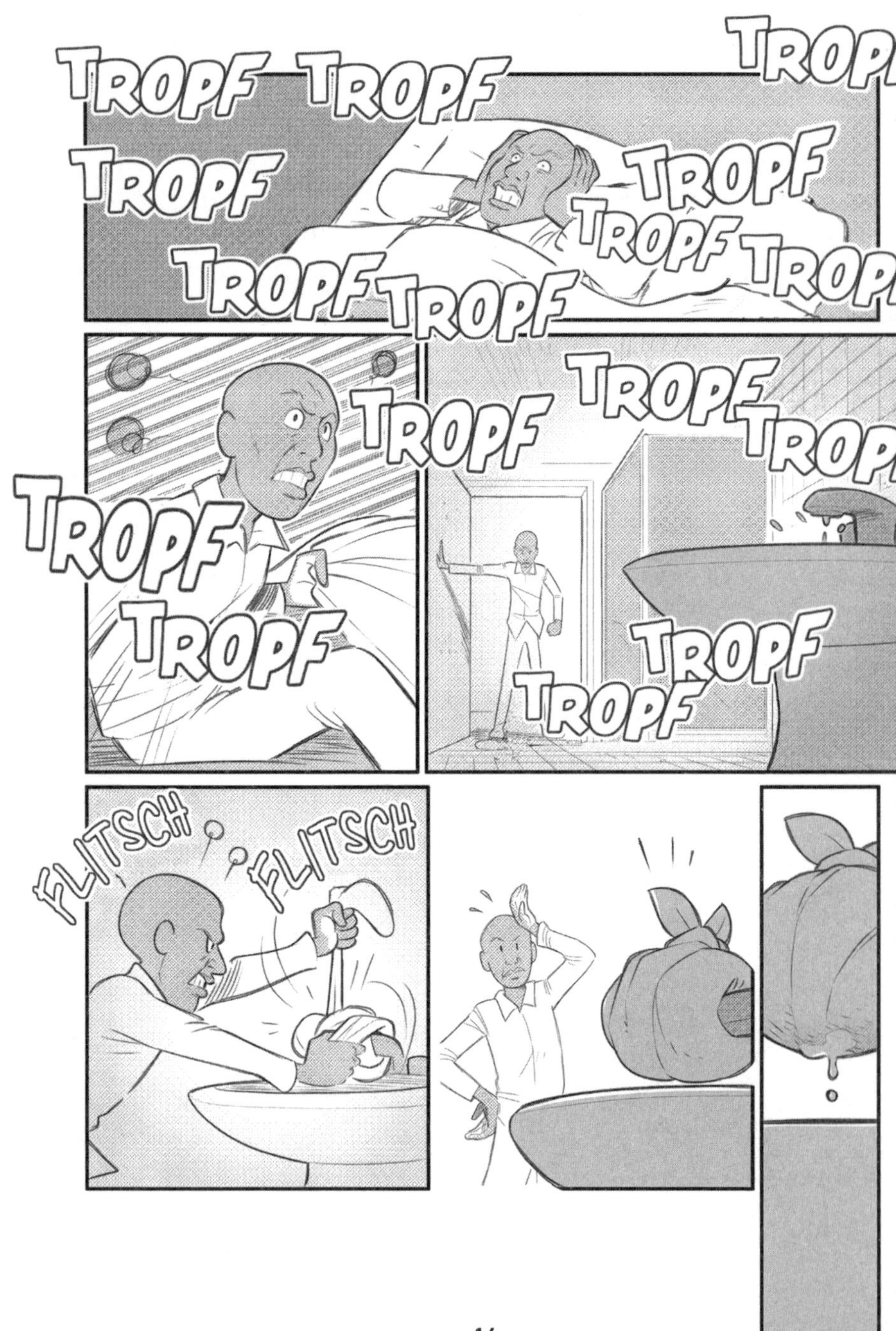
TROPF
TROPF
TROPF
TROPF
TROPF
TROPF
TROPF
TROPF
TROPF
TROPF
TROPF
TROPF
TROPF
TROPF
TROPF
FLITSCH
FLITSCH

TROPF
TROPF
TROPF
TROPF
?
TIPP
TIPP
KLONK
ENDE

?
BRRRRR
BRRRRRRR
...
QUIETSCH
QUIETSCH
?
SEHR WITZIG,
KHABY!
ENDE

— KAPITEL 2 —

DIE SOZIALSIEDLUNG

PLATSCH
NA LOS!
KOMM SCHON!
KLACK
!
PLATSCH
UAGH!

SCHLEIF

KEUCH!

UFF!

UAH!

?

ENDE

DAS IST
WACHTMEISTER COSSU!
MIT EINEM SO FÄHIGEN
GESETZESHÜTER AN DER SEITE
FÜHLT MAN SICH RUNDUM SICHER.
IHM ENTGEHT
NICHTS ...

WAS FÄLLT DIR EIN,
FREMDES EIGENTUM
ZU BESCHMIEREN?
HE!
PUH!
KEUCH!
PUH!
PUH!
ÄCHZ!
KEIN VERBRECHEN BLEIBT UNGESTRAFT,
WENN COSSU IN DER NÄHE IST ...
NA, WARTE ...
ÄCHZ!
PUH!
... WENN ICH
DICH KRIEGE!
UFF!
... ES SEI DENN, DER ÜBELTÄTER
LÄUFT SCHNELLER ALS ER!
ENDE

!
?
?
?
KLICK
!
KLATSCH
ENDE

HEY, MOMENT!
ICH WAR NUR GANZ
KURZ WEG!
DURA LEX,
SED LEX ...
SIE BRINGEN MICH
VÖLLIG DURCHEINANDER
MIT IHREM ENGLISCH ...
ICH FLEHE SIE AN!
ICH MACHE NUR
MEINE ARBEIT ...
UPS!
RATS

RATSCH
RATSCH
RATSCH
GRUMMEL
TJA, KUMPEL, VIELLEICHT BEIM NÄCHSTEN MAL!
RATSCH
TIPP TIPP
BLÄTTER
KRITZEL
KLATSCH
ENDE

UNSER KLEINER KHABY WIRD MAL BERÜHMT!
STIMMT!
ER VERSTEHT ES WIRKLICH, DIE PROBLEME DER GANZEN NACHBARSCHAFT ZU LÖSEN.
WANN IMMER ETWAS NICHT FUNKTIONIERT, IST ER ZUR STELLE UND REPARIERT ES!
BEIM MECHANIKER UNTEN AN DER STRASSE HAT ER SÄMTLICHE REIFEN NACH PROFILEN SORTIERT.
AUF DEM MARKT HAT ER FRAU SAMID GEHOLFEN, DAS OBST NACH FARBEN ANZUORDNEN.

DER JUNGE IST INTELLIGENT UND ÜBERAUS GESCHICKT, ABER …
… WIE SOLLEN WIR ES BLOSS SCHAFFEN, DIE WARTELISTE ABZUARBEITEN?
ENDE

— KAPITEL 3 —

LANGEWEILE PUR

PUH,
MANCHMAL WÜNSCHTE ICH,
MEIN SOHN WÄRE NICHT GANZ
SO CLEVER!
ER HAT BESTIMMT
EINE GROSSE ZUKUNFT
VOR SICH, SO SCHLAU,
WIE ER IST …

AHA!
NEIN!
FINDE DICH DAMIT AB, MEIN SOHN ...
... ALLE MÜSSEN ZUR SCHULE GEHEN!
ENDE

DIE SUMERER WAREN SO WÜTEND AUF DIE ASSYRO-BABYLONIER …
… DASS SIE SICH WEIGERTEN, ZU IHRER GRÜNDUNGSFEIER ZU KOMMEN!
SIE SAGTEN ZWAR, SIE WÜRDEN DARÜBER NACHDENKEN, ABER … HEY!
ZZZZZZZZZ
ZZZ
ZZZ

ALSO BITTE! MAG SEIN, DASS DIE ANTIKE NICHT SUPER-SPANNEND IST ...
... ABER DAS GEHT JETZT WIRKLICH ZU WEIT!
BITTE NICHT STÖREN
ENDE

UNSER SOHN IST ZWEIFELLOS SEHR INTELLIGENT, ABER IN DER SCHULE IST ER EINE NIETE!
TRADITIONELLE BILDUNG INTERESSIERT IHN EINFACH NICHT!
ER LÖST DEN GANZEN TAG DIE ALLTAGSPROBLEME DER GEMEINDE ...
... ABER SEINE NOTEN SIND UNTERIRDISCH! SEUFZ!

WIR MÜSSTEN IHN IRGENDWOHIN SCHICKEN, WO ER LERNT, SICH ZU KONZENTRIEREN.
DENKST DU AN EINEN INTENSIVKURS?
JA,
SO WAS IN DER ART …
DAKAR INTERNATIONAL AIRPORT
K
ENDE

—— KAPITEL 4 ——

RÜCKKEHR ZUM URSPRUNGSPLANETEN

WILLKOMMEN, LIEBE SCHÜLERINNEN UND SCHÜLER!
IHR WERDET HIER LERNEN, WO EURE STÄRKEN LIEGEN UND WO EURE SCHWÄCHEN.
MIT ANDEREN WORTEN: IHR SOLLT HERAUSFINDEN, WAS EURE BESTIMMUNG IST!
DANK MEINES UNTERRICHTS WERDET IHR MIT VIELEN NEUEN ERKENNTNISSEN NACH HAUSE ZURÜCKKEHREN!
GLAUB AN DICH

IHR WERDET GENAU WISSEN ...
... WOHER IHR KOMMT UND WOHIN IHR GEHT!
JAJA!
SCHLEICH
BETRACHTET ES ALS SCHULE DES LEBENS ...
SCHNAPP
... UND IM LEBEN IST FLUCHT KEINE OPTION!
ÄHM!
ENDE

LIEBE SCHÜLERINNEN UND SCHÜLER ...
NATÜRLICH KÖNNT IHR DIE LEERE IN EUCH EINFACH FÜLLEN ...
... INDEM IHR EURE KLEINEN ALLTAGS-WÜNSCHE BEFRIEDIGT!
ABER DIESE BEFRIEDIGUNG IST OBERFLÄCHLICH UND VON KURZER DAUER.
SIE FÜLLT DIE LEERE NUR VORÜBERGEHEND UND VERPUFFT DANN!

IHR SOLLTET LIEBER NACH ABSOLUTER ERFÜLLUNG STREBEN ...
JAJA!
... DENN DIE LEERE EXISTIERT NUR IN EUREN GEDANKEN!
MEIST FEHLT BLOSS EIN EHRGEIZIGES ZIEL ...
MMMH!
MJAM!
... UND MANCHMAL IST ES AUCH EINFACH NUR HUNGER. STIMMT'S, KHABY?
ENDE

DAS BEWUSSTSEIN IST WIE DAS WASSER DIESES FLUSSES.
ES KANN LANGSAM PLÄTSCHERN ODER KRAFTVOLL STRÖMEN, ABER ES HÖRT NIE AUF ZU FLIESSEN!
FÜR MANCHE IST ES DIE QUELLE DES LEBENS!
FÜR ANDERE EIN HEIM-TÜCKISCHES HILFSMITTEL!
UND FÜR WIEDER ANDERE IST ES EIN SCHUTZ – ODER EIN HINDERNIS!

IHR KÖNNT VERSUCHEN, ES ZU BEZWINGEN, ABER FÜR EINEN UNGEÜBTEN GEIST …
… LAUERT HINTER JEDER ECKE EINE GEFAHR!
PLATSCH!
SEHT IHR?
ÄHEM!
MMPF! ICH HÄTTE WOHL VORHER ERWÄHNEN SOLLEN, DASS ES SICH NUR UM EINE METAPHER HANDELT.
ENDE

JEDER VON UNS HAT SEINE BERUFUNG. WELCHE IST WOHL EURE?
MANCHE LEBEN DAFÜR, ANDERE ZU ERNÄHREN!
ANDERE DAFÜR, LEBEN ZU RETTEN!
WIEDER ANDERE DAFÜR, GELD ANZUHÄUFEN …
… ODER ES AUSZUGEBEN!

UND EINIGE SUCHEN IHRE WAHRE BERUFUNG ...
... NICHT IN SICH SELBST ...
... SONDERN IN DER ERKUNDUNG DER WELT!
ENDE

SAG MAL, KHABY ...
... HAST DU DIESE PAPPFIGUR GEMACHT, UM DIE MEDITATION ZU SCHWÄNZEN?
DU WEISST IMMER, WELCHER WEG DER EINFACHSTE IST. ABER DU BIST HIER ...
... UM HERAUSZUFINDEN, WER DU BIST UND WAS DEINE BESTIMMUNG IST! WER BIST DU, KHABY?

GENAU! VIELLEICHT IST ES DEINE BERUFUNG, KHABY LAME, DER »VEREINFACHER« ZU SEIN!
SCHNIPP
DER VEREINFACHER, DAS IST ES!
?
LIEBE SCHÜLERINNEN UND SCHÜLER …
… DIE MEDITATION ERMÖGLICHT EUCH, EUER INNERES ZU ERFORSCHEN.
IM GRUNDE SIND WIR ALLE NUR PAPPHÜLLEN …
ENDE

DU BIST DER, DER KOMPLEXE ZUSAMMENHÄNGE ENTWIRRT!
DER, DER DIE SIMPELSTE LÖSUNG KENNT!
DER, DER KOMPLIZIERTE DINGE VEREINFACHT!
DU BIST ... DER »VEREINFACHER«!

KLINGELING
KLINGELING
JA, BITTE?
HALLO, MEIN JUNGE!
WAS SAGST DU …?
ES IST KHABY! ER SAGT, ER HAT SEINE BESTIMMUNG GEFUNDEN UND KOMMT NACH HAUSE!
HOFFENTLICH IST ES SEINE BERUFUNG, STEUERBERATER ZU WERDEN! ICH HAB DIE NASE VOLL VON DEM KRAM …
STEUERN
RECHNUNG
ENDE

— KAPITEL 5 —

BERUFSZIEL: SUPERHELD

DER AUFENTHALT IM SENEGAL HAT IHM GUTGETAN.
ER SCHEINT ENDLICH SEINE BERUFUNG ENTDECKT ZU HABEN UND LERNT JETZT FLEISSIG!
ES FREUT MICH, DASS ER SEINEN WEG GEFUNDEN HAT!
ES IST TOLL, WENN MAN SEINE LEIDEN-SCHAFT ZUM BERUF MACHEN KANN!
OH, JA, KLAR.
LAME

UND HAT ER MIT DIESER ARBEIT AUCH GUTE AUSSICHTEN AUF ERFOLG?
NA JA ...
ES IST SICHER EIN EHRGEIZIGES BERUFSZIEL ...
... ABER ICH HABE SO MEINE ZWEIFEL AN DER PRAKTISCHEN UMSETZUNG!
SCHLUCK!
CAPES DO'S & DON'TS
SO, YOU WANT TO BE A SUPERHERO
MASKS & CAPES
K
ENDE

SOSO, DU WILLST ALSO SUPERHELD WERDEN?
DAS IST EIN STEINIGER PFAD ...
... UND EINE SEHR VERANTWORTUNGS-VOLLE AUFGABE!
ÄCHZ!
SCHRAUB
SCHRAUB
EIN BISSCHEN SO, WIE BEZIRKSPOLIZIST ZU SEIN!
MAN MUSS TAUSEND SCHWIERIGE ENTSCHEIDUNGEN TREFFEN.
KEINER SAGT DIR, WAS DU TUN SOLLST ... ZIEH DIE SCHRAUBEN BITTE STÄRKER AN!

DIE WELT IST GNADENLOS, VOLLER SCHMAROTZER ...
... UND JEDER MENGE ARBEIT!
LO 815 ST
BUSSGELD
KRITZEL
KRITZEL
AUSSERDEM ... OH, SO SPÄT SCHON!
MEINE SCHICHT IST ZU ENDE. WIR SEHEN UNS MORGEN ZUR SELBEN ZEIT FÜR DIE ÜBER-WACHUNG DES WOCHENMARKTS!
ENDE

SIEH MAL, DA IST KHABY!
ICH HAB GEHÖRT, ER WILL SUPER-HELD WERDEN.
PLATSCH
AAH!
QUIETSCH
DANKE, VEREINFACHER!
IST JA IRRE!
DER HAT'S DRAUF!

ER HAT DAS ZEUG ZUM SUPERHELDEN!
NICHTS LENKT IHN AB!
BOING
NA JA, FAST NICHTS!
KEIN WUNDER ...
ENDE

ICH HAB DIE NASE VOLL VON DIESEN VEREHRERN!
SEUFZ! DEINE PROBLEME WILL ICH HABEN ...
NEIN, WILLST DU NICHT! DIE TYPEN SIND SUPERNERVIG UND AUFDRINGLICH.
STÄNDIG FINDET EINER MEINE NUMMER HERAUS ODER SCHICKT MIR UNNÜTZE GESCHENKE.
ZACK
HEY, DER BÄR KANN NICHTS DAFÜR!
AUSSERDEM WERDEN SIE IMMER GEFÄHRLICHER!
NEULICH HAT EINER MICH MIT EINER RIESIGEN DUFTKERZE FAST VERBRANNT!

ICH WÜNSCHE MIR JEMANDEN, DER PRAKTISCH DENKT, RÜCKSICHTSVOLL IST UND ... UNKOMPLIZIERT.
OOOH!
ENDE

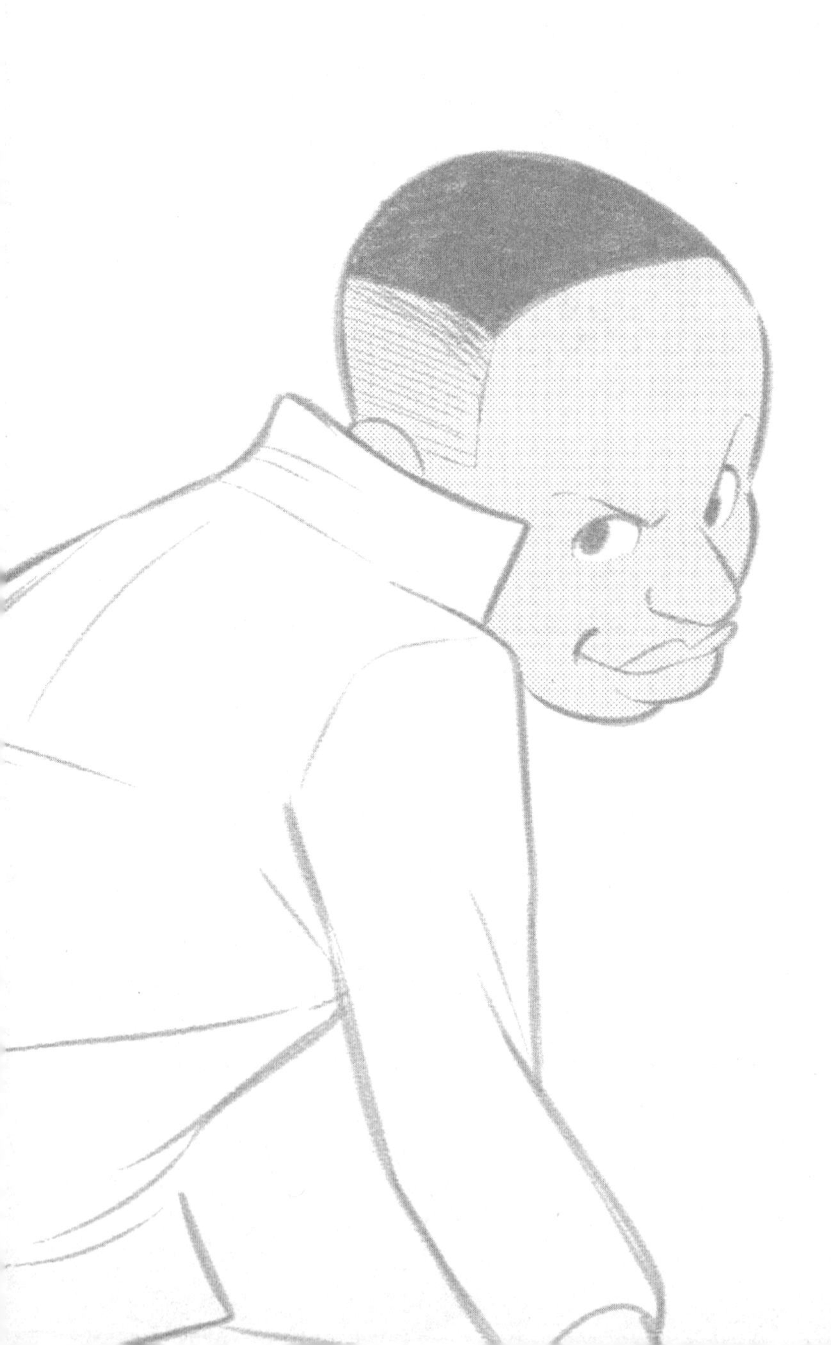

— KAPITEL 6 —

EIN SUPERHELD IST GEBOREN!

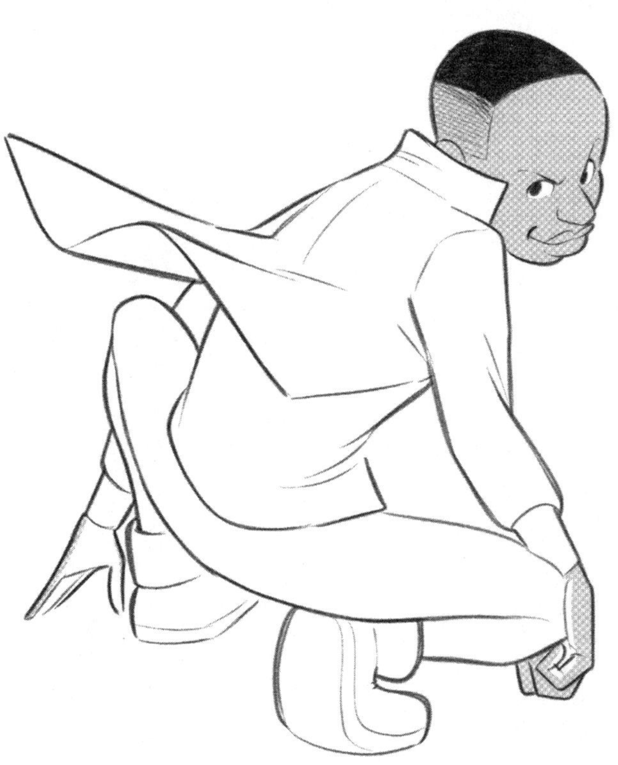

カービ
助けて
Каби, на помощь!!
Мы не справимся
без тебя!
ساعدني
يا خابي
UN ÉNORME PROBLÈME,
LE SIMPLIFICATEUR!
...
WOW, DU BIST SCHON RICHTIG
BERÜHMT! DIE LEUTE RUFEN
AUS DER GANZEN WELT AN!

ABER WIE SCHAFFST DU ES, DICH IMMER WIEDER ANS ANDERE ENDE DER WELT ZU KATAPULTIEREN?
FLIEGST DU WIE SUPERMAN? BIST DU MIT MODERNSTER TECHNOLOGIE AUSGESTATTET WIE IRON MAN?
SPRICHST DU MIT DELFINEN WIE AQUAMAN?
FLUGTICKETS ... HÄTTE ICH MIR JA DENKEN KÖNNEN!
ENDE

EINE HELDENTAT REIHT SICH AN DIE ANDERE ...

TOLL GEMACHT, VEREINFACHER!
DU WIRST IMMER BERÜHMTER!
SOLLTEST DU NICHT LANGSAM ÜBER DEIN AUFTRETEN NACHDENKEN?
?
DU BRAUCHST EIN ECHTES SUPERHELDEN-OUTFIT!

BEEIL DICH, ICH WILL ES SEHEN!
HM ... EIN BISSCHEN ZU ... ENG!
KOPF HOCH, WIR FINDEN NOCH DAS RICHTIGE OUTFIT FÜR DICH.

JEDER SUPERHELD HAT SCHLIESSLICH EINS!
ES MUSS ETWAS SEIN, DAS ZU DIR PASST, WORIN DU DICH WOHLFÜHLST!
!
OOOH!
PERFEKT! DAS BIST WIRKLICH DU!
ENDE

— KAPITEL 7 —

BERÜHMT!

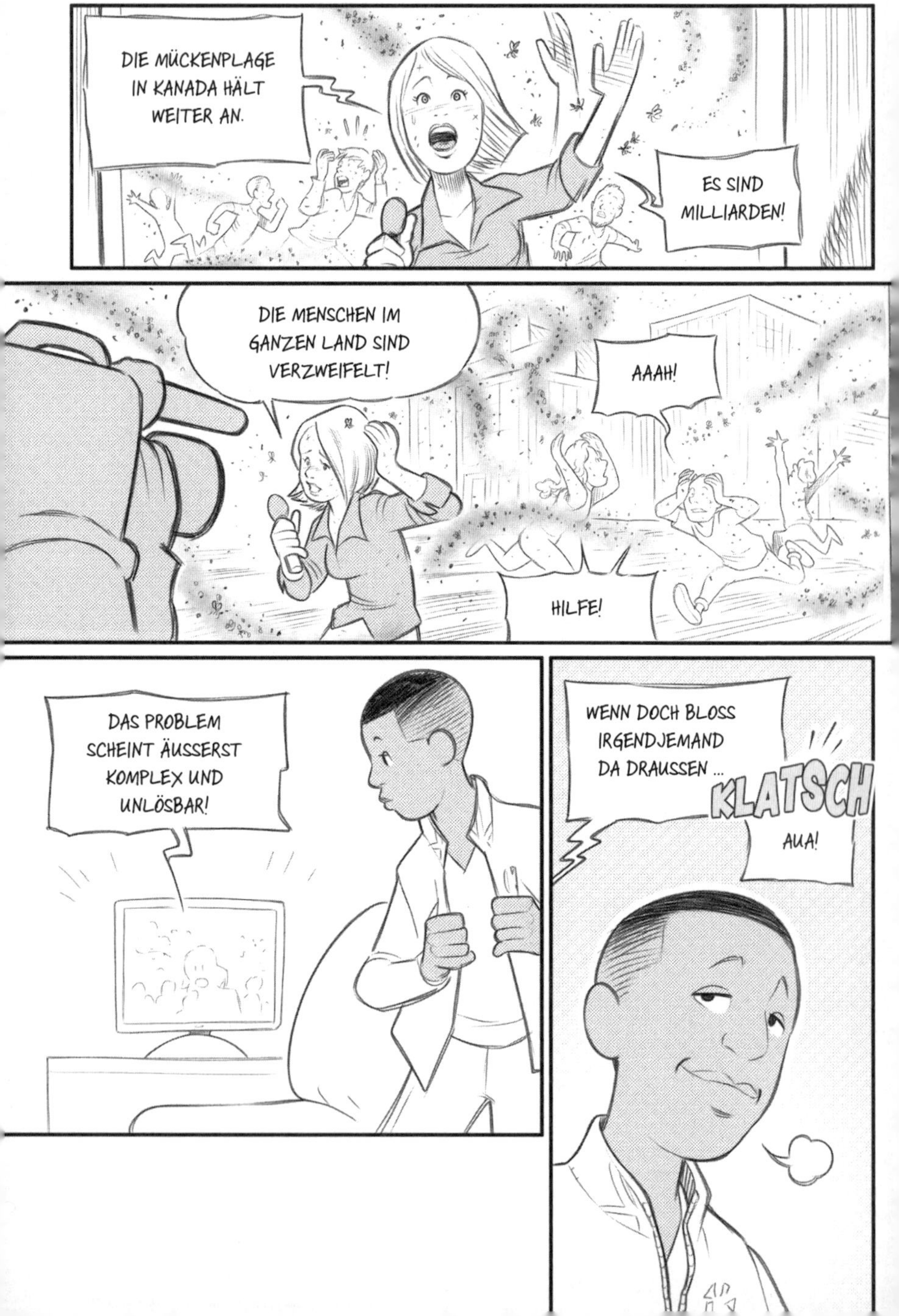

DAS PROBLEM SCHEINT ÄUSSERST KOMPLEX UND UNLÖSBAR!

WENN DOCH BLOSS IRGENDJEMAND DA DRAUSSEN ...

KLATSCH

AUA!

ES GIBT NUR EINEN, DER UNS HELFEN KANN.
ABER WO IST ER NUR …?
SEHT DOCH! DA IST ER!
DER VEREINFACHER!
AH …
ABER …
IST DAS NICHT EIN BISSCHEN ÜBERTRIEBEN?
UND WO GIBT ES EIN PASSENDES FEUERZEUG?
ENDE

BEI DEN VEREINTEN NATIONEN WERDEN STÄNDIG FRAGEN VON WELTWEITER BEDEUTUNG DISKUTIERT.
DOCH VOR ALLEM EIN PROBLEM SCHEINT UNLÖSBAR …
DAS FRIEDLICHE MITEINANDER ALLER VÖLKER UND NATIONEN HAT OBERSTE PRIORITÄT!
GUT ERKANNT!
STIMMT.
MEHR RELIGIONEN!
WENIGER RELIGIONEN!
NICHT ZU VIELE UND NICHT ZU WENIGE RELIGIONEN!
WIR BESTRAFEN NATIONALISMUS!
WIR KLEIDEN UNS ALLE GLEICH!
WIR ÖFFNEN DIE GRENZEN!
MEHR DIALOG!
STÖHN!

HÄ?
TIPP TIPP
...
SOZIALSIEDLUNG IN CHIVASSO
ENDE

HMPF!
Beschluss genehmigt
Mehr Rechte für homo-
sexuelle Paare
DIESE TOLERANZ IST LANGSAM UNERTRÄGLICH!
WENN WIR SO WEITERMACHEN, DÜRFEN BALD …
… HUNDE UND KATZEN HEIRATEN, STÖRCHE UND FISCHOTTER!
UND AM ENDE DÜRFEN HEUSCHRECKEN KINDER ADOPTIEREN! GENUG!
ES MUSS DOCH EINE EINFACHE LÖSUNG FÜR DIESES PROBLEM GEBEN …
WIR ZUERS

KLACK
ENTSCHULDIGE ... NACHDEM ICH DIR DIE HAND GEGEBEN HABE, MUSSTE ICH MEINE ERST MAL WASCHEN!
ALSO, VEREINFACHER ... HAST DU EINEN VORSCHLAG FÜR MICH?
HÄ? DU GEHST?
GUT SO, KHABY! MANCHMAL BESTEHT DIE LÖSUNG DARIN, KEINE LÖSUNG ANZUBIETEN!
ENDE

OKAY,
LAUT INTERNATIONALEN SUPERHELDEN-RICHT-LINIEN KANN JEDER DEN ANTRAG STELLEN.
MAN MUSS LEDIGLICH EIN SUPERHELDENPROFIL AUSFÜLLEN …
?
… ÄHM, SOZUSAGEN.
ACH, KOMM SCHON! SO VIEL PAPIERKRAM WIRD ES JA NICHT SEIN!
BEHÖRDE FÜR SUPERHELDEN-ANERKENNUNG

UND SIE, WAS KÖNNEN SIE?
ICH KANN MEINE SE MIT DER ZUNGE BERÜHREN!
ICH KANN MIT DEN FINGERN KNACKEN!
ANMELDUNG
ICH HAB ANGST VOR WASSER!
BITTE SEHR!
DAS IST ALLES? HÄTTE ICH MIR SCHLIMMER VORGESTELLT.
WAS MEINEN SIE?
NA, DIE FORMULARE.
DAS SIND NUR DIE ERLÄUTERUNGEN! DIE FORMULARE WERDEN IN EINEM CONTAINER GELIEFERT.
SCHLUCK!

BEHÖRDE FÜR SUPERHELDEN-ANERKENNUNG
BITTE SEHR, VIERZIG TONNEN PAPIER ...
GUT, HERR LAME! WIR NEHMEN IHREN NAMEN JETZT IN DIE LISTE DER BEWERBER AUF ...
ABER ES WIRD ETWA SECHS MONATE DAUERN, IHRE DATEN ZU REGISTRIEREN!
WISSEN SIE, BEI DEM GANZEN PAPIERKRAM ...
SWUSCH

EIN LAPTOP! WENN WIR ALLES DIGITALISIEREN, GEHT ES SCHNELLER!
NA KLAR! WAS FÜR EINE IDEE!
SCHNAUB
WARUM SIND WIR NICHT SELBST DARAUF GEKOMMEN?
PLING
SAGEN SIE BESCHEID, WENN SIE MIT DEM SCANNEN FERTIG SIND!
WENN SIE SICH BEEILEN, MÜSSTEN SIE ES BIS ZUM NÄCHSTEN SOMMER SCHAFFEN ...
ENDE

—— KAPITEL 8 ——

MR DOMINO

UM DEIN ZERTIFIKAT ZU ERHALTEN, MUSST DU MINDESTENS EINMAL DIE WELT RETTEN!
GROSSE HELDEN KÄMPFEN IMMER GEGEN GROSSE BÖSEWICHTE!
SKRUPELLOSE GESTALTEN, UNMENSCHLICHE MONSTER ...
... DIE DIE WELT ZERSTÖREN, OHNE MIT DER WIMPER ZU ZUCKEN!
ABER ICH FÜRCHTE, SOLCHE BÖSEWICHTE GIBT ES GAR NICHT MEHR ...

... UND DAS IST AUCH GUT SO!
DIESER VEREINFACHER, VON DEM ALLE REDEN ...
... KÖNNTE MEINE PLÄNE DURCHKREUZEN!
ICH HOL MIR SEINEN KOPF, SO WAHR ICH MR DOMINO HEISSE! UAHAHAHAHA!
KRACK
ENDE

MR DOMINO
HAT DICH KONTAKTIERT?
BEHÖRDE FÜR SUPERHELDEN-ANERKENNUNG
ER HAT DEN PLANETEN SEIT JAHRZEHNTEN FEST IM GRIFF!
GROSS-UNTERNEHMEN
ER IST IM BESITZ EINER SCHRECKLICHEN VERNICHTUNGSWAFFE!
DIE STAATSCHEFS MÜSSEN IHM SCHUTZ-GELDER IN MILLIARDEN-HÖHE ZAHLEN …
UND WENN SIE SICH WEIGERN?
HABT IHR JEMALS VON EINER REPUBLIK NAMENS CARCATESIA GEHÖRT?
NEIN …
DA SEHT IHR'S!

HAST DU EINEN »SIDEKICK«?
JEDER HELD BRAUCHT DOCH EINEN GEHILFEN!
JA, DAS MÜSSTE ER SEIN …
DA BIN ICH!
PUH!

KEUCH! SCHNAUF!
… KEIN AUFZUG?!
PUH! ÄCHZ!
FÜR EIN STOCKWERK …
DER DA? SEID IHR SICHER?

MIT DEM RICHTIGEN ANREIZ IST ER ZU UNGEAHNTEN LEISTUNGEN FÄHIG!
KEUCH … WO IST … MEINE … PIZZA? SCHNAUF!
ENDE

DU WAGST DICH ALSO WIRKLICH IN MEIN VERSTECK, VEREINFACHER.
FÜR SO MUTIG HÄTTE ICH DICH GAR NICHT GEHALTEN!
. . .
WISCH
?

UND? STELLST DU DICH DEM KAMPF AUF LEBEN UND TOD?
HEY! HALLO? KLOPF KLOPF!
DAS IST DOCH DEINE NUMMER?
DIENSTAG BEI MIR?
O.K.
DANN HAT ER DICH ALSO SELBST EINGELADEN?
WIE TRAURIG ...
HEY! NEIN! ÄH ...
JEDENFALLS IST DIE WELT IN MEINER HAND!
DU KANNST MEINE TODESMASCHINE NICHT AUFHALTEN!
NA, ANGST?
UAHAHA!
SIND WIR NUR HIER, DAMIT ER UNS ZUQUATSCHT?
ICH ERKLÄR'S EUCH ...
... UND IHR HÖRT GEFÄLLIGST ZU!

ICH ZEIGE
EUCH MEINE
TODESMASCHINE …

BOOM

DER HEBEL BRINGT DIE KUGEL INS ROLLEN ...
... DIE DANN EINE SPRÜHDOSE AKTIVIERT.
DURCH DAS GEWICHT DER FARBE SINKT DIE LEINWAND, ÖFFNET EINEN HAKEN UND DAS BEIL ...
... DURCHTRENNT DIE LEINE DES HUNDES, DER AN DEM KNOCHEN ZIEHT. DANN ...
HE, HÖRT IHR MIR ÜBERHAUPT ZU?
ZZZ ...
ÄH?

NA LOS, VEREINFACHER! ZEIG, WAS DU DRAUFHAST!
ICH BIN WIRKLICH GESPANNT.
HM?
ABER ... DU TUST JA GAR NICHTS?
TROMMEL
DANN AKTIVIERE ICH JETZT DIE TODESMASCHINE!
ICH AKTIVIERE SIE, KLAR?

DU HAST ES SO GEWOLLT!
KLONK
DAS WAR'S DANN MIT DER ERDE, VEREINFACHER!
DA ROLLT SIE, DIE KUGEL!
ROLLLL
DAS SPRAY IST AUF DER LEINWAND!
PFFFT
JETZT KOMMT DAS BEIL!
ZACK
DER HUND!
WUFF WUFF
DIE KERZE VERBRENNT DAS SEIL ...
KNISTER

UND JETZT LANDET DER FINGER AUF DEM AUSLÖSER! UAHAHA! DU HAST VERLOREN, VERLO-
SCHNAPP
BOOM
KEUCH!
NEEEIN! DU HAST ALLES RUINIERT!
KLICK
KOPF HOCH, KUMPEL ... DAS ESSEN IM KNAST IST VORZÜGLICH!
ENDE

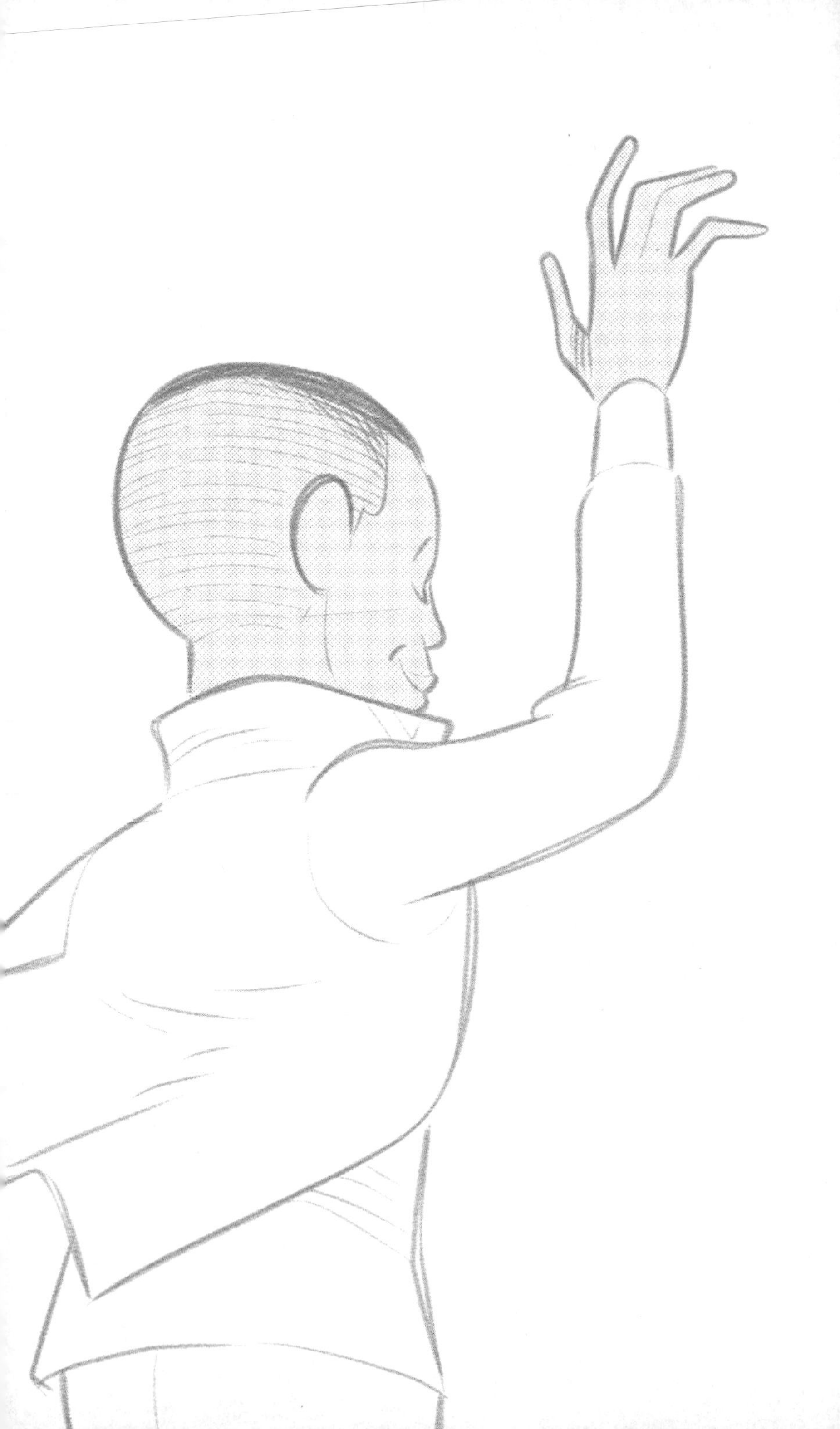

— KAPITEL 9 —

SUPEREASY

KHABY!
HURRA!
EINE FRAGE!
BITTE EINMAL HIERHER LÄCHELN!
KHABY!

WAS HAST DU JETZT VOR, NACHDEM DU DIE WELT GERETTET HAST, VEREINFACHER?
FLÜSTER
AHA, AHA! ER MÖCHTE EINFACH NUR ZURÜCK NACH CHIVASSO!
NACH ... CHIVASSO?
IN DIE SOZIALSIEDLUNG, NACH HAUSE!

KHABY!
WIR SIND SO STOLZ AUF DICH, MEIN JUNGE!
UND WIE GEHT ES JETZT WEITER?
EIN SUPERHELD IST IMMER IM EINSATZ, ABER EINS IST SICHER ...

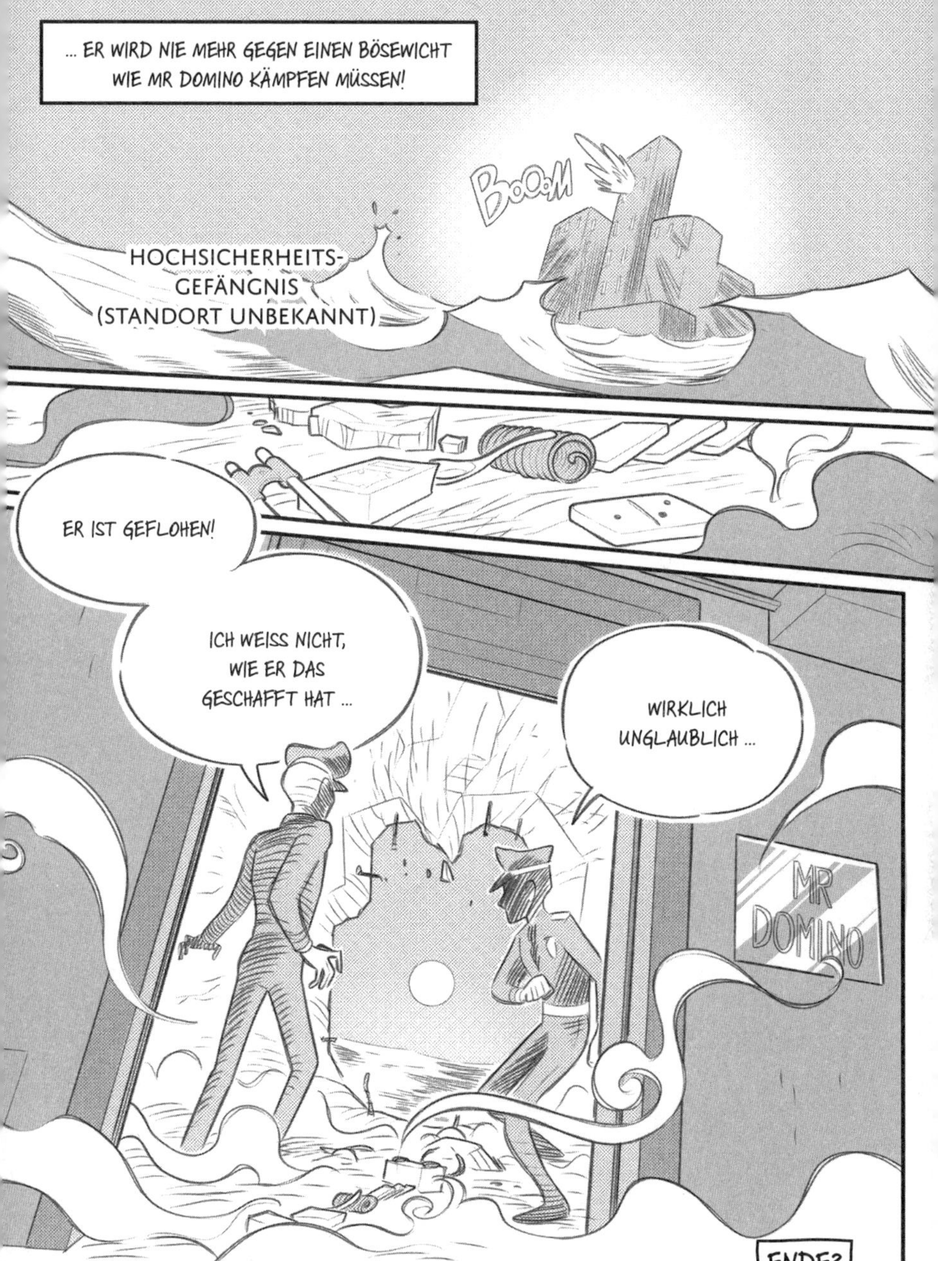

… ER WIRD NIE MEHR GEGEN EINEN BÖSEWICHT WIE MR DOMINO KÄMPFEN MÜSSEN!

ENDE?